fund-orte 33

Herausgegeben von Werner Bucher
und Virgilio Masciadri

Winter

Ein später Tag,
die Schwäne südwärts fliegen.
Das Schwingen ihrer Flügel
den Kalender
schreibt.

Tage kommen,
Schnee
fällt. *Horst Bingel*

CH-9413 Oberegg AI und CH-8008 Zürich
Gestaltung des Umschlags: Ruedi Rüegg, Designalltag Zürich
Foto des Autors: Martina Faust
Schrift: Garamond BE
Papier: Demeter, chlorfrei, 100 g/m²
Umschlag: Fridafläck
Druck: Bischofberger Druck AG, 9413 Oberegg AI

ISBN 978-3-85830-156-7

Auflage: 450 numerierte und vom Verleger signierte Exemplare

Dieses Exemplar hat die Nr. 253

Horst Bingel

Den Schnee besteuern

Gedichte

orte-Verlag

Die Erde gehört dir nicht

Stadtpark

Noch ragt der Baum hinüber,
über den See, den Platz,
auf dem sie spielen,
den Platz, auf dem sie
Silhouetten bauen aus Stein
und Beton und aus Stein.

Lärm über den Strassen,
auf den Plätzen. Lärm und
unmotiviertes Geschrei.
Im Turm, im Turm
in der Mitte der Stadt
nisten die Stare und
nicht mehr im Baum,
die Stare, nicht mehr im
Garten, im roten, im kleinen,

und die Blumenfrau, der
Brezeljunge tanzt heute,
in der Mitte der Stadt
und die Stare.

über das Brückengeländer, hinüber
wirft der Junge den Stein
gegen den Wind und wirft,
wirft der Junge den Stein
um die Wette der Junge mit dem Wind.

Felsenmeer

Wir haben uns eingegraben, Stollen an Stollen, die Wälder
umgestülpt,
wir haben der Erde Schätze abgefackelt, sie jagt uns in
Teer und Federn von dannen, nackt, entblößt, wie
wir kamen,
uns bleibt die Flucht, die Wege, aufgerissen, zersprungen,
wir haben die Berge abgetragen,
noch einmal, wir halten an. Wer grüßt?
Wir, die Steine, sie schmerzen, der Asphalt, die Sonne,
noch einmal, es schmilzt, hängt fest, zieht
Blasen,
wir werden mit Blei die Formen ausgießen.

Wir haben uns angestrengt, es waren Frauen, Kinder, die
weinten,
wir haben der Sonne Gewinn abgeschöpft, das Licht
gestohlen, ausgetrocknet den Fluß,
uns bleibt der Sieg, wir, niemand, der folgt, wir, wir
greifen den Wind,
noch einmal, wir verbieten die Geschichte, keiner fragt,
niemand erzählt.
Wir, der Marsch, ohne Ende, wir ziehen den Fischen die
Kiemen lang, wir, Amphibien, erjagt,
wir werden in Stein jetzt feilgeboten.

Schnee

Kind sein,
mit dem Wind um die Wette laufen,
Schnee das Land jetzt küßt,
der Tag sich löst,
der Schneemann
Kinder liebkost.

Nicht die Kälte spüren,
die das Haus umstellt,
mit dem Wind reisen,
Schnee das Land
im Kuß
umarmt.

Im Angesicht

Die Erde gehört dir nicht, der Acker nicht, du im Lehm,
halt' ein, du stürzt doch nicht, du stichst sie
an, du spießt sie auf, du, du reichst deine Hand,
die Erde trägt dich fort, sie gibt dich ab, sie, sie
zaubert, du machst die Augen zu, die Erde fliegt,
du, du an Deck,
du jagst doch nicht.

Du hast die Erde nicht verbrannt, die Feuer dir entfacht,
hast sie verkauft, geschunden, im Beton erwürgt,
du, du im Pferd, im Maul, der Zaum,
du hast die Erde nicht gekannt, du, im Gebiß, im Lassowurf,
die Bäume, sie warten, dich, dich trifft nicht
mal der Tod,
dein Schritt trägt leicht.

Die Erde hält dich fest, du stirbst ja so schnell, wir
neben dir, im Wind, sieh, der Galgen, dort im
Boden wächst, ihre Grüße, dir bleibt fast nichts,
die Erde läßt stets dich heiter sein, du schläfst, Eis,
nichts kümmert dich, die Erde wächst, die Bäume,
wir, wir tragen dich,
du merkst es nicht.

Impression

Die Krähen steigen nur, das Feld, meine Scherben, dich im
Acker grüßen,
Mäuse, über alles, du gabst die Krumen aus, mein Schritt so
fest,
dein Ohr, die Schienen zittern, im Rauch, du läufst über
alles, morgen,
im Wald, mein Fuß, du hörst dich selbst, wir finden dich,
ich war schon da, mein Bild, gib es zurück.

Gegend, austauschbar

Die Gegend ist
mies wir haben viel Gemeinsames
die Liebe zu Katzen und Hunden
und die Unlust am Morgen wenn
in dieser Gegend
ein Mensch stirbt pflanzen
sie Bäume der Tod
ist nicht irgendwer
gestern die Schule war gerade aus
wurde ein Junge überfahren
45 Minuten lag er
auf dem Trottoir wenn ich nicht
Angst hätte aufzufallen
hätte ich dem Jungen
eine Decke gebracht.

Le Corbusier

Ich habe eine Wirtin
zu meiner Freundin ernannt,
bei ihr kostet der Pernod
die Hälfte.

Sie weiß,
gottlob,
beides noch nicht.

Man wollte mir etwas
von Le Corbusier erzählen,
und ich hörte zu,
als man mir sagte,
er sei Franzose,
im Erfolg.

Ich dachte
im Stillen an Absinth
und ging auf den Ätna,
Häuser konstruieren.

Fata Morgana

Eine kleine Insel
auf der Tapete.
Sie ist so gross,
dass ich dort leben könnte.

Eine strahlende Lampe
auf der Tapete
gibt das Licht
meiner kleinen Insel.

Ich lasse die Insel
so wie sie ist.
Ein Fleck
in einer grauen
Tapete.

Windgeschichte

Du tauchst im Wasser nicht, du, im Sand, die Düne, bei Tag,
          dein Blick, wir warten,
die Schuhe, vom Meer jetzt eingegraben, ein Absatz, ich
          seh ihn nicht, wir, Geschichten, wachsen leise,
in Winternächten sitzt du an unserm Tisch,
stets Wasser schluckt der Wind, Worte, eingegraben, du,
          im Ohr,
wir folgen bald.

Steuerparadies

Kaum ist der Winter da, kommen
Politiker und besteuern den
Schnee.

Fang' Schornstein, Wolken

Glaubensbekenntnis

Weihnachten wird es einen Pelzmantel geben,
viele werden daran glauben,
was Vater
alles kann.

Weihnachten wird Grossmutter zur Kirche gehen,
viele werden danach wissen,
was Oma
alles hat.

Weihnachten werden Enkelkind Flügel wachsen,
viele werden alsbald sehen,
was Pfarrer
alles macht.

In dieser Stunde

Heute redet einer,
er sah zu,
wie sie einen Menschen
mordeten.

Er spricht
wie gestern.
Niemand,
der Einhalt gebietet.

In diesem Moment
werden Würfel gezählt.
Niemand
erfährt den Ausgang
des Spiels.

Orte

Es stellen, stellen die Dichter, die
Dichter die Uhr, die Uhr, von allen,
allen anderen, anderen bekommen,
bekommen die Menschen, Menschen die
Ruhr, es wollen, wollen nur, nur
niemals die Finanzminister,
Finanzminister sterben, von,
von den Dichtern, Dichtern,
sie werden die, die
allerletzten,
die Worte,
sie werden
die Worte
erben.

Hauptstraße

Auch wenn mein Dorf eine
Großstadt wird, dann bleib'
ich doch beim selben Wirt, hier
gibt's einen Tormann, er ist
so dick, da passt kein
Ball mehr über sein
Genick, die Dinge
verändern doch
stets nur
sich, nicht
aber
dich.

Kinderreim

Meine Seele
ist so wund
und so gar nicht
kunterbunt,
triffst du dich
beim Nachbar,
ist die Welt
gleich machbar,
küsst du dich
gleich selbst,
du das Leben
doppelt hältst,
ist die Seele
kunterbunt,
reimt der Apotheker
bald sich wund.

Kassiber*

Hol schnell den Schornstein dir,
pflanz ihn auf der Käfer
Grab.

Fang Schornsteinwolken dir,
pack sie auf der Blumen
Grab.

Vergrab, was dich umstellt,
schreie auf dem Friedhof
nie.

Verschluck, was dich begräbt,
vergiß es beim Schlafen
nie.

*Kassiber (m.): heimliche Briefbotschaft zwischen Gefangenen und der Außenwelt oder auch untereinander (einen Kassiber nach draußen schmuggeln)

Laienpredigt

Du gehst vergeblich, am Kilimandscharo warten nur Viren
auf dich,
bleib' hier, du liebst dich doch so sehr, die Luft schenkt
Cäsium dir,
Endlager, Mensch.

Du weinst vergeblich, am Kilimandscharo warten schon
Sänger auf dich,
bleib' hier, du hältst dir selbst die Hand, sie stiften
Cäsium dir,
Endlager, Mensch.

Du stirbst vergeblich, am Kilimandscharo warten auch Tote
auf dich,
leb' hier, du bleibst auf ewig dein König, Lagerstatt
Cäsium,
glücklicher Mensch.

Welttheater

Im Hühnerauge schaut die ganze,
ganze Welt dich an, sie küsst,
was sie, was sie mit dir so
machen kann, doch stets im,
im Nest, Philosophen, sie,
sie leben, leben im, im,
im Ofen, den Rest liebt,
liebt, liebt Wilhelm,
Wilhelm Busch für,
für dich.

Himmelszeichner

Jetzt tanzen im Himmel heiter
Schneider Meckmeckmeck und
Witwe Bolte, doch niemand
weiss, ob Wilhelm Busch das
auch so wollte, wer hier
auf Erden kräftig in
der Nase bohrt, nie
sicher ist, ob
er gleich mit
Petrus um die
Wette fährt
in einem
Ford.

Horoskop

Wenn der Himmel brennt,
wird die Flamme den Tag anzünden,
Feuer von Feuer.

Wenn das Blatt sich rollt,
wachsen in den Regenwolken stets
Rosen von Rosen.

Wenn der Winter friert,
teilen im Luftballon die Toten
Steine um Steine.

Solitude

Die Welt, sie schiesst Kobolz*, es
stehen Söhne lustvoll auf dem
Kopf, Väter besser stets zu
skalpieren, ein Elefant aus
reiner Schokolade wird
im Kühlschrank
ungeschoren
alt.

* Kobolz (m.; nur in der Wendung): einen Kobolz schießen (landschaftlich, besonders norddeutsch): einen Purzelbaum schlagen

Aphorismen

Das Glück im Winkel gibt es nicht, die Füsse bleiben immer schwer.

Wer im Bett bleibt, kann nie in der Fremde meckern.

Dichter wissen nicht, was Geld ist, also zahlen sie in Deutschland auch Mehrwertsteuer auf Gedichte.

Silicon Valley

Du hörst, du hörst in dich hinein, die Erde, diese alte
Krake, im Taifun, tief in dir, da kocht das Wasser,
Wasser, du, den Fuß im Pech, du hörst, du hörst
dich nicht, du, im Schatten, fest, die Risse,
Spalten, Krater, die du aufgeschlitzt,
geschlagen, gesprengt, ein Schrei, ein
Wutgeheul, die alte Krake, sie haust
auf ewig doch in dir, im
Traum, im Traum, du, im
Schrei, du, im Schlund,
sieh', meine
Hand.

Das lange Leben

Solange du nicht tot bist, musst du
weiter machen, du darfst auch über
dich lachen, gleich nebenan auf
dem Friedhof tanzt die
Spassgesellschaft ihren
frühen, frühen
Tod.

Ich lasse die Herren bitten

Deutschland AG

Unsere Gesänge, grimmig, bei Nacht, die
Erde, sie wird nicht aufgeweicht, das
bisschen Händereiben, wir haben
geschrieen, gelacht, wir sind
ganz kurz nur geblieben, im
Rhein, mit Heine die Loreley
geküßt, der Rest fährt mit
der schwäbischen Eisenbahn,
im Rhein, im Strudel,
unsere Gesänge, grimmig,
bei Nacht, unter der
Brücke, dem Bogen, das
Rote Kreuz, ganz
nackt, der Berber,
im Frost, im
Tod, die
Freiheit
gelebt.

Das Winterpferd

Schaukelpferd, Schaukelpferd, reite nicht in den Krieg,
der Krieg, er ist ein böses Tier,
Papa und Mama bleiben hier.

Ihr habt die Eisblumen gesehen,
du und das Winterpferd,
alle Gräber werden wir
schmücken am Sonntag, am
Montag, frühmorgens,
am Morgen dann,
Kastanien und Straßen-
laternen sammle ich
für dich, braune Kastanien.

Schaukelpferd, Schaukelpferd, reite nicht in den Krieg,
der Krieg, er ist ein böses Tier,
Papa und Mama bleiben hier.

Sie werden in einer Nacht
dich verkaufen
– und kein Hahn und kein Hund –
sie mit Zylindern, die
bodenlos sind, sie
haben dich nicht gekannt.
Meide die festen Häuser!
Längst schon stehen Rucksack und Schaukelpferd,
Rucksack und Schaukelpferd bereit.

Schaukelpferd, Schaukelpferd, reite nicht in den Krieg,
der Krieg, er ist ein böses Tier,
Papa und Mama bleiben hier.

Zwölf Runden

Alles, alles Dunst und Rauch, und
Rauch, auch der Frühling nur
ein Hauch, nur ein Hauch, du
stehst am besten, besten gar
nicht auf, sonst legt,
legt dein, legt dein
Finanzminister
seinen Finger
drauf.

Tausendundeine Nacht

Die Post ist eine Schnecke, jetzt
macht sie auch noch dicht an
jeder Ecke, einst wurden die
Thurn & Taxis schwer reich,
heute träumt die Post von
einem Scheich.

Damals

Stets winkt ein toter Mann im Rhein dir
zu, er teilt das Wasser, er, den
Fluss, Römer, die dann wieder
gingen, sie liessen alle ihre
Füsse hier und wollten stets
doch bleiben, ein Toter
teilt das Wasser ein,
ein Schwan, er
schweigt, die
Loreley, sie
lebt, Heine,
deine
Lieder.

Frankfurter Latern

Das ist meine Stadt, jetzt, der Galgen, die
Deutsche Bank, hier, mausetot, im Main, ein
Römer, auf dem Grund, dahin, in voller
Deckung, wir, wir hängen fest, im
Draht, das, das ist meine Stadt,
jetzt, der tote Legionär auf
dem Grund, im Main, er spricht
mit sich, und morgen, ein
bisschen, bisschen Regen,
für Kähne, die Fahnen im,
im Magistrat, und bis auf
weiteres, es küsst die
Oberbürgermeisterin
sich selbst.

Skymusic

Was du in Frankfurt
spürst, ist nicht die
Deutsche Bank, es
springt ein
Tier dich
an, Musik, dein
Ohr, nichts
da, es ruft
im Zoo mit
vollem Rüssel
ein
Elefant
seine
Hasenfrau.

Thüringen 1990

Einmal noch die Kindheit erjagen, ewig der Fluß, dein
Steg, du, stehst im Wort,
lauf' zu, niemand springt, die Mauer, die Gräber,
eingeebnet,
sie hören und schweigen, an diesem Tisch, du, am
Küchenschrank, du, durch die Elbe,
die Häuser, schwarz geworden, die Fenster, leer, vor
achtundfünfzig Jahren, den Führer angekreuzt,
zweimal Kerzen angezündet, sie schweigen und warten,
Honeckers Land, ganz nackt,
einmal, doch, dein Steg, du, bleibst im Wort.

Lebenslauf

Nur Bayer und der Himmel sind unendlich, du steckst in
ihren Peanuts fest, sie haben die Erde nicht für dich
vermessen,
du bist das Schöne nicht, du lebst ihr Märchen, du bist
das Wasser nicht,
der Morgen treibt's heraus, du bist der Geist, sie werden
die Erde dir als Arbeit schenken,
Peanuts.

Nur Bayer und der Himmel sind dein Besitz, du bist in
Arbeit längst erstickt, sie haben die Erde nicht für
dich erobert,
du bist im Märchen nicht, du trittst das Wasser nur, du
bist das Schöne,
der Morgen zwingt's heraus, du legst nur deinen Kopf dazu,
sie werden die Erde dir als Arbeit nehmen,
Peanuts.

Aufs Rad geflochten

Du hörst das Meer in dir, das alles treibt, die Toten,
eingekrallt, die Mauern, die Häuser, die du
fallen sahst, die Wände, in die Nacht gemalt,
Fenster, die Rahmen noch herausgebrochen,
dich meiden Vögel, Sonne, Menschen, blind, du bist, ein
Stein, die Ohren tief schon im Beton, die Blumen,
jemand reicht sie nach. Was ist das? Die Boten,
aus der Toten Welt, die Erde,
das war es also, du ranntest schneller noch, der Nebel,
dick, du hörst die Schreie stets, tief, unter
deinen Füßen, du hast sie alle doch gehängt, ein
stummes Zucken, fest eingekerbt, in jeder Nacht.
Was wirst du tun? Der Stein im Schuh, es war dein Tisch, an
dem sie saßen, die du zur Bahn gebracht, zum
Viehwaggon, der Wind kennt ihre Namen,
die Kinder stehen auf, du hältst dir jetzt die Ohren zu,
das nicht, der Schornstein, der den Himmel fraß,
wir sehen dich, der Stein, der deinen Namen
trägt, der Spiegel, Scherben, die Erde,
aufgerissen,
du, Vater, Mutter, du hieltst mich an der Hand, ihr habt
gar nichts gesehen, und wir, Schimären gleich,
im Rauch, Gespenster doch, zu Stein gefroren,
ich hab' in jeder Nacht noch Angst, ich sah nicht weg, die
Henker, die Kapuzen fielen,
ich saß im Keller, im Ohr, die Bomben. Ich hab' die
Menschen mit dem gelben Stern gesehen.
Sie winkten nicht.

Als die Eier zum Fussball kamen

Das Fussballtier, mein Eiertier,
ob Wind, ob Wendehals,
ich schenkt' es meiner Braut,
da war die Hochzeit out,
ach, Eierhahn, ach, Fussballtier,
ich flieg' in jedem Ei zu dir.

Doch die Moral, im Eigericht,
ob Heirat, ob Gedicht,
Fussballtier, Knickeihahn,
ach, Windei, ich, ach, Braut,
sie muss allein zum Sportplatz geh'n,
ich will auf jedem Fussball steh'n.

Dribbling

Alle Bayern, alle, alle sind, sind,
sind stets, sind stets, stets
die Schönsten, Bayern
München, alle, alle,
die schönsten der,
der Welt, dir,
dir, dir bleibt,
bleibt einfach,
einfach nur,
nur die
Luft,
Luft
weg.

Fussballerlatein

Ganz Bayern, Bayern ohne, ohne Papp-, Papp-,
Pappalpen, es, es wäre wie Fussball ohne,
Weissbier, Weissbier-Alpen, erst, erst ein
Fussball-Kaiser, Kaiser, er, er ist ganz,
ganz der tote König, der, der König
aus dem See, dem See, stets, stets
Vereinssegen, Segen ist, ist
schöner, schöner, ein, ein,
Kaiser, Kaiser ist, ist
besser als, als
Papp-, Papp-,
Pappschnee.

the tops

reg dich nicht auf, puppe
samstags
penn ich mit meiner frau

das leben ist hart
die konkurrenz
man muß arbeiten in Deutschland
komm
ich leg einen hunderter zu
zieh dich nicht aus
die konkurrenz
mir macht keiner was vor
ich kann da ein lied singen
champagner
also
da müssen die früher aufstehen
die wirtschaft muß rollen
ihr stellt euch das rosiger vor
ich habe zwei kinder
sonst?
das gibt man nicht alles auf
laß die badezimmertür offen
das mußt du hören
das ding wäre beinah geplatzt
und morgen in Düsseldorf

obstfrühstück, fräulein Schmidt
hat B. angerufen?
wenn man sich erst nichts mehr leisten kann
bananen, äpfel, apfelsinen
sie sind glücklich dran
fräulein Schmidt
ihre neue frisur
haben sie das flugzeug nach N.?
ich lasse die herren bitten
ich lasse die herren bitten

Sonnenaufgang

Wir wollen exportieren
wir wollen exportieren
Deutschlands grösse
Deutschlands blut

nur Juden nur Juden
die werden uns verfluchen
in Bergen-Belsen
da steht kein totenhaus
da waren nur einige
einige eingesperrt
die nicht an Deutschland
an Deutschlands grösse glaubten
die werden uns verfluchen
sie haben uns alle
alle selbst umgebracht

doch männer
die Deutschlands grösse vertraten
die haben auf den feldern
auf den feldern von Bergen-Belsen
kartoffeln gelesen gestoppelt geklaut
damit die armen eingesperrten
nicht vor hunger schrieen so laut

(aus: Horst Bingel, «Wir suchen Hitler», Scherz Verlag, 1965)

Mit vierzig

Du machst
Geschäfte.

Dein Abschreibe
objekt ist
eine Ratten
falle.

Du stehst
deine Frau.

Verpachte dein Multi
media
prinzip.

City of the Euro

Das Wetter, das Wetter wird, wird auch
für Banker, für Banker, hier, hier
nicht better, nicht better, sich
selbst, sich selbst küsst stets
die Oberbürgermeisterin, du und,
und ich, wir sind, sind
out und, und gar
nicht in.

Im Rabenland

Schaukelpferd, Schaukelpferd, deine Lieder sind stumm, ich
finde dich,
im Graben, im Graben, Lützows wilde, verwegene Jagd,
Honecker-Land ist abgebrannt, die Reiterscharen,
Mutter, dein Pfand, auf der Wäscheleine, Schalmeien, gib
die Träume, Vater, dein Hemd,
Schaukelpferd, Schaukelpferd, die Freiheit, der Hosenbund,
sieg' nur für mich,
im Graben, im Graben, werd' ich nun liegen, die Linden, die
Kirschen, die Grüße, im Rabenland,
Mutter, die Schlinge, die Loreley, das Angebinde, die
Erde, fang' sie für dich.

Sprich deutlich

I like older Nazis, diese müden alten Männer machen
mich ganz verrückt, so müde, so müde, so wiegen sie,
so schaukeln sie, so langsam, sie kommen im Schlaf, straft
mich, straft mich nicht, es ist so schön, o, I love
these little kleine Nazis, man sagt so viel Böses, o,
ich träume, er spielt mit mir, this kleiner Schäker,
this Mitläufer, this Märzhase, welche Musik, wenn er
spricht, so fein, aus einer besseren Zeit, die Jungens
in der Schule, sie sind so derb, und wenn er erzählt,
wenn ich träume, er sagt: Goebbels hatte keinen
Klumpfuss, ich liebe kluge Männer, deine Hand, ich spüre ihn,
ich habe ihn so lieb, lieb, o halte mich fest, ganz fest,
halte mich, verzeih, o, ich Nazi.

Nach einem Thema von Katharina Werner

Überlaßt die Lieder den Lerchen

Taubengeneral

Wir wollen mit
den Tauben spielen, den Tauben
im Wind. Du und der Mann,
mit den Losen der Mann
steht auf dem Stadtplatz.

Wir wollen die Tauben verpflegen.
Auf dem Balkon die Tauben, sie
stehen und fliegen zum Dach, sie
warten auf dich bei Regen, bei
Wind, die Tauben,
dort steht der Mann mit dem Los.

Die Stadt ist ein Riesenrad, und
nicht nur am Abend.
Und ich träumte und sah
dich und die Tauben,
die Tauben im Wind.

Seelied

In dieser Nacht fallen
nicht die Propeller, ruhen
die Maschinen hier.
Der Platz ist zugestellt.

Tamtamtareisingtdiedrossel,
schlingt um hecken die drossel
den schnabel, singt, singt, singt heute nicht.

Haus an Haus und die Bäume gezählt,
zwei, drei Minuten im Lift geschwiegen:
Hiroshima liegt im See und auch
wir und der Himmel im See.

Tamtamtareisingtdiedrossel,
schlingt um hecken die drossel
den schnabel, singt, singt, singt heute nicht.

Widmung für Lerchen

Laßt die Lieder im Land,
in dem sie das Korn verschütten.
Sie haben Lunten gelegt,
Sprengung nach Sprengung,
die Steine schießen Kobolz.

Überlaßt die Lieder den Lerchen,
sie überleben durch Gesang.
Singt noch einmal in
den alten Gebäuden, singt,
die Mauern faulen.
Wir wollen die Lerchen evakuieren.

Gebetsversuch

Auf meinem Teppich liegt
kein Elefant.

Aus meinem Garten legen
sie aus dem Teich hin
ter der Wand des Teehauses
die letzten
letzten Fische auf den Wagen
des Metzgers über
dem Himmel. Mei
ster der Bäume, was
sollen die Fische
dir singen?

Stachelrosen

Verstehen Sie die Rosen noch:
einst hatten sie Stacheln –
heute haben sie einen Kochtopf auf.
Alle Spinnen tragen
ihren Smoking
und ein Baum
zieht seinen Hut –
wenn die Stachelrosen blühn.
Warum lassen sie ihre Hüte fliegen,
und gleich so hoch:
nur der Engerling kommt
noch um die Verbeugung herum.

> «Horst Bingels Erkenntnisse und poetische Verwirklichungen sind vergiftete Pfeile, aber ihr Gift ist ein Gegengift, ein Vademecum. Völkerballspiele, nicht Bälle auf das eine und auf das andre Volk stürzen lassen. Die Völker Ball spielen lassen.»
>
> Wolfgang Weyrauch

Taube

Du triffst die Taube im Flug, sie ist nicht blau, was
staunst du, sie ist nicht blau,
die Taube sitzt rot schon tief im Horizont, sie wartet mit
dir, bei Tag, nachts, sie spreizt ihr Gefieder,
sie wartet,
sie wartet doch nicht.

Du siehst die Taube so nah, sie ist jetzt dein, was staunst
du, sie ist doch dein,
die Taube spitzt ewig scharf deinen Schnabel, hinter dem
Horizont, bei Nacht, tags, sie spitzt ihn ja dir,
sie fliegt nur,
sie fliegt stets allein.

Du hörst die Taube im Flug, sie bleibt dein Schatten, was
staunst du, sie grüßt nicht,
die Taube ist nun arg bunt im Horizont, sie ist sonst gar
nichts, bei Tag, nachts, doch hinter dem Regen,
sie trägt dich,
sie trägt dich im Kopf.

Galaxie

Im Sandkorn trifft die Düne sich,
die Möwe, die dich trägt,
das Gedicht der Welt im
Kopf, du wendest dich, so
weit dein Auge will, Gott,
im Fischmehl jetzt den
Euro küßt, sieht BSE,
der Mensch, ganz nackt, das
Bild im Wasser bricht.

In die Wand geschrieben

Fahr' aus, dein ist der Orkus, später erjage ich dich, die
Schwüre, dein Leben, blank, du lachst doch nicht,
das sind keine Tänze, du liegst nicht im Bauch
von Paris,
das ist ein Fisch, in dir, nur seine Spiele, er macht dich
nieder, ohne Zaudern, das sind die Meere, dich
hält kein Netz,
du warst dabei, du sprangst gleich auf, das war dein Blitz,
deine Strände, du warst die Beute nicht, verrat'
mich gleich,
du liegst, in Netzen jetzt doch fest, die Beute, deine
Felder, verbrannt, das Korn, im Graben, ich,
diese Kiemen,
wir fangen dich.

Such' dich, unter dir dein Fisch, die Wolken, kein Tanz,
höre den Spielmann, den Möwenschrei, ich höre
dich,
das ist dein Thron, das ist der Schlaf noch nicht, die
Kiesel, kein Schrei, umsonst,
du bist nicht tot, dein Leben, blank, du, ein Fisch, hier,
schwimm' nur nicht, sie haben im Schlaf mich
durchbohrt, Etüden,
du hoffst, du, Fisch, deine Gräten auf ihren Feldern, der
Sturm, der Himmel, du, im Wind, nicht Mensch,
du, Fisch,
wir jagen dich.

Du wirst mich am Morgen spüren

Folter

Die Dichter pressen die
Sonne aus, sie stellen
den Mond unter ihr
Kuratel, in sanften
Händen wächst
das Liebesgedicht.

Verabredung

Du wirst mich am Morgen spüren,
ich bin der Nebel
und führe dich.

Du wirst mich am Ufer treffen,
ich bin das Wasser
und spieg'le dich.

Du wirst mich am Abend sehen,
ich bin der Schatten
und stütze dich.

Sommergelichter

Laß uns den Sommer sprengen,
wir wollen die Sonne
in den Winter
pflanzen.

Laß uns im Zeltdach fliegen,
wir wollen die Sonne
mit Seerosen
spiegeln.

Laß uns die Nacht anzünden,
wir wollen die Sonne
als Feuerwehr
lieben.

Schönheitsdoktor

Laß uns,
dich, mich,
zusammen alt
werden. Du,
ich, wir
rollen die
Haut jetzt
um uns, du
hast eine
wunderschöne Falte
am Arsch. Ich
küsse sie.

Laß uns,
dich, mich,
zusammen alt
werden. Laß
uns lieben,
trinken, unsere
Runzeln zählen, jetzt
dieser Welt den
Schönwertesten
zeigen, sie
machen einer
Falte am
Arsch den
Garaus beim
Schönheitsdoktor.

Künstlervölkchen

Und wäre Goethe nie zu Marianne, Marianne
gekommen mit Küssen, es hätte die, die
Gerbermühle nie von den Willemers
lassen müssen, jetzt machte sich,
sich einfach der west-östliche
Diwan breit, Hatem und die
Frankfurter ja wissen,
Dichter sind, sind
überall zum
Küssen
bereit

Sommer

Weißt du, als der Wind stillstand,
erinnere dich, die Schar der Raben,
die Hasenparade, die eine Nacht
im Sommer, im Mond.
Nein, ich bin es nicht.
Ich bin nicht Postbote im Postamt zwo,
weißt du, der eine Tag im August?

Du duftest nicht mehr nach Heu.
Wollen wir heute abend ins Kino gehen?
Freitag, hast du an Fisch gedacht?
Im nächsten Urlaub fahren wir zwei,
wie damals, nach Mallorca.

Poesiealbum

Das Schreiben von Gedichten, es kann
doch keine Sünde sein, du trinkst auch
mit einer Schönen nicht immer nur
Wein, schon sitzt im Herzen
der alte, der Wurm
Vergißmeinnicht und
bleibt sitzen auf
einem, einem
Liebesgedicht.

Im Liebesgedicht gehen die Scherben der Welt als Regenbogen am Himmel auf, wacht Heinrich Heine auf ewig auf dem Grund des Rheins, übersteht er auch die endlose Trockenheit, wenn nichts als die Kiesel sagen: Hier muss einmal Wasser, ein Fluss gewesen sein.

Im Gedicht ruht die Liebe sich aus.

Spurensuche

Von Anton G. Leitner

Bis 1997 war er für mich lediglich ein Name, der gelegentlich fiel: Horst Bingel, Herausgeber einer erfolgreichen Anthologie im Deutschen Taschenbuch Verlag, «Deutsche Lyrik seit 1945», oder Bingel, Ex-Vorsitzender der Schriftstellergewerkschaft. Bis ich ihn eines Mittags kennenlerne.

Minipressen-Messezeit in Mainz: Der Rhein strömt gemächlich an Zelten vorbei, die so verloren am Ufer stehen, als hätten Pfadfinder vergessen, sie abzubauen. Ein paar hundert Meter weiter bilden im Foyer des Mainzer Rathauses einige Männer im Anzug und Frauen im Kostüm einen Kreis. Bürgermeister und Kulturdezernent treten in die Mitte, um halb verhalten, halb amtlich, die Verleihung des «Victor-Otto-Stomps-Preises» der Stadt Mainz anzukündigen.

Am 8. Mai 1997, als ich eben diese Urkunde überreicht bekommen hatte und gerade zu meiner kurzen Dankesrede ansetzen wollte, stürmte Horst Bingel in die Mitte. Dieser stattliche Mann mit grauem Haupthaar ruderte wild und entschlossen mit beiden Armen in der Luft und strahlte dabei eine solche Autorität aus, dass ich sofort mein Konzept einsteckte. Bei seiner Präsenz wagte es niemand, den Kreis zu verlassen. Noch im Fuchteln hob er zur Laudatio nach der Laudatio an, die im Wesentlichen aus Anekdoten über seine gemeinsamen Jahre mit Stomps bestand, den er «VauO» nannte. Während er ohne Punkt und Komma sprach, klopfte er mir mehrere Male so fest auf die Schultern, dass ich alle Mühe hatte, auf den Beinen zu bleiben. Auch laut knurrende Mägen vermochten nicht, seinen Redefluss zu bremsen. Stattdessen zog mich dieser verrückte Bingel in seinen Bann. Denn aus seinen sehr persönlichen, detaillierten und bildreichen Schilderungen gewann für mich nach und nach jener Victor Otto Stomps, nach dem der Preis benannt ist, an Konturen. Bis ich schließlich «VauO», wie er leibte und lebte, vor Augen hatte.

Bingel hatte zu den «Jüngern» des Stomps gehört, in dessen Eremiten-Presse er 1956 mit dem Gedichtband «Kleiner Napoleon» debütiert und 1960 eine zweite Lyriksammlung («Auf der Ankerwinde zu Gast») nachgelegt hatte. Drastisch schilderte er den Skandal um seinen dritten Versband mit dem provozierenden Titel «Wir suchen Hitler», der 1965 im Scherz Verlag erschienen war und durcheilte jene turbulenten Jahre als Herausgeber der legendären «Streit-Zeit-Schrift».

Unserer ersten Begegnung in Mainz folgten ein Dutzend weiterer Treffen in Bayern, weil Bingel gerne in Dießen Ferien machte und dabei vielleicht auch im Kopf hatte, dass ich in der Ammerseeregion lebe.

Horst Bingel war ein geborener Geschichtenerzähler mit dem Langzeitgedächtnis eines Elefanten. Viele seiner Anekdoten waren mir so vertraut, weil ich sie – Jahre später – genauso erlebte wie er. Als 1969 ein Themenheft seiner «Streit-Zeit-Schrift» zur «Pornografie» erschien, traten ebenso Moralapostel auf den Plan, wie 30 Jahre später, als ich das erste «Erotik-Special» von DAS GEDICHT unter dem Titel «Vom Minnesang zum Cybersex – geile Gedichte!» herausgab und damit einen Sturm der Entrüstung auslöste. Oft ertappte ich mich bei dem Gedanken, dass Bingel mir gegenüber vielleicht nur soviel über sich redete, weil er davon ablenken wollte, dass er in Wirklichkeit mein Leben beschrieb. Bei jedem Besuch brachte er ein Buch von sich mit und übergab es mir wie eine Neuerscheinung. Da ich mehrere seiner Bände selbst besorgt hatte, lernte ich ihn und sein Werk immer näher kennen. Mich beunruhigte die Tatsache, dass er sich ab 1986 «ganz zum Schreiben zurückgezogen», aber seitdem, außer verstreuten Veröffentlichungen von Gedichten in Anthologien und Zeitschriften, keine selbstständige Publikation mehr auf den Weg gebracht hatte.

«Lied für Zement» heißt eine Sammlung von 55 Gedichten Bingels, die 1975 als Taschenbuch bei Suhrkamp erschienen ist und einen Querschnitt seines lyrischen Schaffens bietet. Lyrik-Großmeister Karl Krolow verfasste das Nachwort dafür. Er charakterisiert Bingel als einen melancholischen Lyriker, dessen Beute die «Zeit auf Widerruf» sei, «in ihren flüchtigsten Momenten». Bingel verstehe es, ironisch, leicht, aber nie leichtfertig, «die Grazie der Desillusion» gewissermaßen «en passant» anzubringen, wobei er zu «verbalen Handstreichen» neige und sich gerne des Mittels der «Überraschung» bediene.

Zement ist das Bindemittel für Beton, ein feingemahlener Stoff, der nach dem Anrühren mit Wasser selbständig erstarrt, erhärtet und nach dem Erhärten raumbeständig bleibt. «Wir biegen das Blech, / nicht Blume, nicht Baum; / die Straßen vermauert, bis / dann die Männer kommen / am Abend, am / Morgen der Umzug», heißt es in Bingels «Lied für Zement», und «Was steht ihr herum?», fragt er dann ganz plötzlich den Leser, der sich vom Autor ertappt fühlt. Im Gedicht «Widmung für Lerchen» empfiehlt Bingel, das Singen besser gleich bleiben zu lassen: «Überlaßt die Lieder den Lerchen, / sie überleben durch Gesang.»Horst Bingel ist am 14. April 2008 im Alter von 74 Jahren in Frankfurt am Main gestorben. Am 6. Oktober 2008 wäre er 75 Jahre alt geworden. Seine Lieder sollten nicht nur im Gesang der Lerchen überleben!

Anton G. Leitner ist deutscher Schriftsteller und Verleger. Er lebt und arbeitet in Wessling (D) und ist unter anderem (zusammen mit Friedrich Ani) Herausgeber der Literaturzeitschrift DAS GEDICHT.

Inhalt

Horst Bingel
geboren am 6.10.1933 in Korbach / Hessen
gestorben am 14.04.2008 in Frankfurt am Main

Frühe Jugend in Gelsenkirchen-Buer. Während des Weltkriegs evakuiert er in die Heimat seiner Mutter nach Bad Langensalza / Thüringen. 1947 Rückkehr nach Hessen. Verlagsbuchhändler, Studium der Malerei und Bildhauerei. 1957–1969 Redakteur, dann Herausgeber der «Streit-Zeit-Schrift». 1958–1960 Zusammenarbeit mit V.O. Stomps in dessen Verlag Eremiten-Presse in Stierstadt. U.v.a. Herausgeber der Nachkriegs-Sammlung politischer Lyrik: «Zeitgedichte - Deutsche politische Lyrik seit 1945», R. Piper Verlag, 1963. 1965 Gründer «Frankfurter Forum für Literatur». Hier treffen Schriftsteller aus West- mit Kollegen aus Ost- und Südosteuropa zusammen. 1968 Veranstalter der internationalen «Literarischen Messe der Avantgarde» im Frankfurter Römer. Initiator des «Heinrich-Heine-Verlags», Frankfurt, hier u.a. Herausgeber der Buchreihen «Streit-Zeit-Bücher» und «Streit-Zeit-Bilder». 1973–1974 stellvertretender und 1974–1976 Vorsitzender des Verbands deutscher Schriftsteller (VS). Lebte seit 1960 als Schriftsteller in Frankfurt am Main. Veröffentlichungen: «Kleiner Napoleon - Gedichte», Verlag Eremiten-Presse, Stierstadt / Taunus 1956, 1958; «Junge Schweizer Lyrik», (Hg.), dito 1958; «Auf der Ankerwinde zu Gast - Gedichte», dito 1960; «Die Koffer des Felix Lumpach - Geschichten», Insel-Verlag, Frankfurt 1962; «Wir suchen Hitler - Gedichte», Scherz Verlag, Bern, München, Wien 1965; «Lied für Zement - Gedichte», Suhrkamp Verlag, Frankfurt 1975; «Herr Sylvester wohnt unter dem Dach - Erzählungen», Fischer Taschenbuch Verlag, Frankfurt 1982; «Aufs Rad geflochten», Sonderheft Horst Bingel der Schweizer Literaturzeitschrift «orte», 118 / 2000 (noch erhältlich). Mehr über Horst Bingel: http://www.horstbingel.de.